歌集

夏の天球儀

Sawako Nakagawa

中川佐和子

角川書店

夏の天球儀　目次

装幀　間村俊一

歌集　夏の天球儀

中川佐和子

I

瀑布

打合せ会があった

この先は瀑布なのだろうスチールの椅子に身を置き話しておれば

あけがたの光のさせる横雲に放ちたきもの数えはじむる

危機のとき咲くと聞きたる竹の花電車の中の夢に咲きだす

南極圏北極圏を行き来するキョクアジサシに会いたくなりぬ

人になき逞しさ持ち上空のキョクアジサシのくちばしの赤

ことごとく尖れる花の小気味よく翡翠葛《ひすいかずら》の青緑いろ

戦車戦までありしルソン島　翡翠葛の原産地と知る

南方に戦いし父を思うなり熱帯雨林の翡翠葛に

怒るときヒスイカズラの嘴の形の花が浮かび来たりぬ

春蘭の淡き緑に顔を寄せ同じみどりの息をつきたり

枝垂れ桜は

薄紅の滝のごとき花あらわるる、坂をのぼれば一樹《いちじゅ》のたちて

花の奥さらなる花のなだれつつ枝垂れ桜の太き幹隠す

咲き盛る花の奥からこの今を尽くして生きよ未知の声せり

降る雨を怺《こら》えながらにひと方へさくらさくらの薄紅の花

雨夜《うや》にたつ枝垂れ桜は人間の孤独に増《ま》さる孤独を持てり

人間の声を吸い込み花びらの奥はどこまでも果てしのあらず

名女優のような桜か通るたび表情変えて開いているは

咲き盛る大樹の花の重さなど思いつつ一歩一歩近づく

卒業タイル

芦屋市立精道小学校
商社マン元校長に政治家にピアニストもおり同窓会に

横浜で同窓会が開かれた
ケータイに同窓会の知らせきて紙一枚もあらずに集う

五十年あわざる人も集いたり神奈川県庁正面玄関

極楽に咲く花という〈宝相華《ほうそうげ》〉庁舎の文様われらは見上ぐ

薬会社勤めの女《ひと》と円卓をかこめば話題は世界をめぐる

ああ遠い記憶の中に置いてきた卒業タイルどこかに貼ろう

台風後ボートに乗りて芦屋川濁流下りに怒られしひと

阪神淡路大震災

地震にて精道町より家《や》移りをせしひとにしんと耳たてて聞く

横浜山下公園へ

船に乗ろう一番楽や誰か言いマリーンルージュへわれらは向かう

船室にトランプしつつ卓囲みラ・トゥールの絵のいかさま師おらず

輪になりて手札の運を愉しめばかつての木造教室に戻る

ああ君はダウトだなんて言い合って卒業したねかつても今も

椋鳥になるか

運転の見合わせなればいち早く電車を降りる若きにしたがう

わたしまで運転見合わせできなくて電車を降りてバス停へ駆ける

ネクタイの先をワイシャツの中にいれ牛ばらそばを夫は食めり

椋鳥を愛して曲を作りたるモーツァルトよ椋鳥になるか

こういう日も幸せかもね長く待つ歯医者に母の入れ歯を作って

かあさんはぺったんぺったんすると言う年とりたれば尻餅のこと

長くながくかかりて選ぶ夏帽子卒寿の母に気力のわきて

夏の宝物

破水するたびに驚く子に声をかけつつ車に乗せたりわれは

破水して生み落とさんとするまでの子の腰さする嘘つきながら

陣痛室離れた廊下に子のうめき聞き分けながら夫が待ちたり

生まれ出たばかりの顔をＬＩＮＥ《ライン》にて娘の伴侶が送りてくれる

生むための力はおそらく深《ふか》緋《ひ》色《いろ》娘は夏の宝物得る

片目あけ眠るみどりごに寄りながら「やっと会えたね」われは囁く

親指を中にいれつつ握る手に何があるかと最初の謎なり

九十の母もふにゅふにゅのみどりごを覗き込みてはふにゅふにゅ笑う

ひとつずつ指を開けばうすうすとまやかしのごと爪の伸びおり

頸椎を娘が痛めみどりごを抱きて飲ませて抱きて眠らす

激痛の起きる娘とみどりごを見守りおれば眠るを忘る

肉、魚、菜を食べさせせんと好物を娘に並べる笑って欲しくて

また母乳あたえながらに激痛をこらえて娘は座り直せり

夜のプールの光

草いきれするなかに座《ざ》し待っている蟻や花虻ふるんと落蟬

水のなか歩みておれば何もかもうっかり過ぎてゆく気がしたり

爆発の起きない不思議　硝子張りの夜のプールの光青くて

ここにいていいのかどうか夏の夜の硝子張りなる大きなプール

ぽっとんと眠りに入るを九十の母と見まもる子に子が生まれて

母が「きときと」と言っていた娘

金沢の言葉で元気の「きときと」のはずでありしが娘は動けず

夜中二時娘が泣きてみどりごの泣けばわれ抱き泣くわけにゆかず

象さんをうたいて座せばやけっぱちになるかみどりご夏の夜《よ》に泣く

着る服が乳臭くってわれながら野にいるみたいと笑ってしまう

面倒とおもうわたしをみどりごが薄目のままにずっとみている

シャンシャンにあっという間に背を越され六月生まれの小《ち》さきニンゲン

湯上りのみどりごを抱けばどこまでもとっぷんとっぷんまるごととっぷん

Ⅱ

テキストのために

テキストを一冊出すため肩を寄せ大きな机に紙を並べる
デッドラインここですなんてひとに言いわれにも言いて励む他なく

新しい戌年迎え国立《くにたち》のはだかのさくらに沿いつつ歩む

ＬＥＤライトに変わる仕事場に帽子をかぶるひと出没す

人員の削減なのか、フロアーにスチール机のみが並びて

よく中を知らないスチールキャビネット囲まれながら朝より働く

大黒ふ頭

アフリカの大草原に一本の道をなしつつ象らがよぎる

昼寝する子象の横に影をつくり母象は立つ日盛りなれば

ゾウが鼻をからませ挨拶するごとく会にて人と名刺をかわす

回り道しつつ仕事の仲間らと桜の花芽を見上げていたり

雨の日の桜の花芽の際立てる黒を見上げてわれも動かず

寝返りのはじめてできた瞬間をみどりご驚きわれもおどろく

ああ海が見たいといきなりいう母を乗せて大黒ふ頭へ飛ばす

目覚めゆくみどりごをわれおそれたりだしぬけに空《くう》へ手を伸ばすゆえ

母乳とうなまぐさきものにはぐくめば娘がだんだん茂りてゆけり

雨あがる気配に声を発したりひよどり、つかまり立ちのみどりご

言の葉もかわき乾燥トマトさえさらにかわいて四月となりぬ

はじめての節句迎えんみどりごの喃語が風を呼び込むらしい

エリザベス女王と同じ日に生まれ母はひとつだけ若いといえり

この夏の帽子贈りぬエリザベス女王よりひとつ若きわが母へ

波止場へ

広電《ひろでん》を降りれば急ぎ足となる芝生の向こうの〈陸軍桟橋〉

春の日の宇品の波止場へ来てわれは海と真向かう歌碑に近づく

江田島にわたらんとして高速船待つ間に潮の香が押しよせる

祖父乗りし戦艦大和十分の一の大きさなれど見つむる

見上げたる零式艦上戦闘機なんと小さいなんとかなしい

この日まで何かを置いてきたのだろう船はかつての時間行き交う

江田島へ行く高速の船を待つ鳴きだす蟬のまだいないころ

広島の原爆投下地点まできたりて見上ぐ覚悟を決めて

この上空六〇〇メートル炸裂せし原爆投下地点に立てり

寄港せる外《と》つ国《くに》の人らひしめきぬ広島平和記念資料館

展示の三輪車を前にして

三輪車に乗りし子、その父かき消えて平和の文字に圧し潰される

鰐梨

同じ世に生きると到底思えざるホワイトハッカー映像に流る

乗り換えも携帯電話の検索に電車を選び東京の迷路

バックして車を長く走らせる夫は映画を観すぎたらしい

アボカドは鰐梨《ワニナシ》だって、傷みやすくあなたのために切り分けてゆく

森の葉が海面に落とす影ありて魚《うお》の隠れ家つくりていたり

七曜に何人の人と会っただろう百より先を曖昧にする

横浜に生まれ育ちて離れゆく娘は水の記憶を持てり

公園の夏の祭りをベビーカー押して見せおり夜のみどりも

バイバイがはじめて出来てバイバイを交わして別れる改札口に

さみしくはないと言い切るときにわくさみしさを知る娘の前に

天球儀

葉の先をときおり揺らし糸雨《しう》のなか緋の立葵は無傷のごとし

娘らが住める地神戸ふつふつとおさななじみの顔うかびくる

みどりごはかぶせた帽子を投げ捨てて歩きはじめるそれでもいいよ

懐かしきひとに書きたるありがとう、秤にかけられ封書を送る

荒川を渡って過ごしまた渡り水に親しむ本日は晴れ

天球儀ながめておれば人間を小さく感ず夏の光に

車窓より緑ばかりに目のゆきて今日のこころを立て直さむとす

入院の一歳の子の匂い無き動画が届く娘のＬＩＮＥ《ライン》に

忍者のごと逃げようとして入院のベッドの柵より手足突き出す

行き先の表示を居並ぶバスかえて怪《あや》しさの増すバスターミナル

神来月の雨

「森鷗外記念館」の特別展「『うた日記』—詩歌にうたった日々を編む」のレセプションにでかけた。

千駄木の「『うた日記』展」を訪れる蘇芳色なる傘をさしつつ

仙台の勾当台公園近くの会場にて東北短歌大会が開催。昼の休憩時間に公園のヒマラヤシーダーに触れてきた。

未来などぬらぬらとして雲と雲重なりながら影の蠢《うごめ》く

この秋の公孫樹並木よ塩害に犇《ひし》と遭いしはあなたのこころか

馬車がかつて走った馬車道、官庁街の日本大通りなど街路樹の植えられた横浜の通り。街路樹より人間は弱い生き物かもしれない。

上野より発つとき心を先立てて風のある日の千波湖《せんばこ》思う

遅延する電車を乗り継ぎ、上野から特急「ひたち」の座席に滑り込み、水戸の会へ。千波湖の水鳥たち、魚たち、こんにちは。

コハクチョウが羽を休めに湖《うみ》に来るまでを思いて駅頭に立つ

悦楽にひたりきりつつギンブナは晩秋の湖《うみ》を泳ぎておらん

新婚の日々へ時間を巻き戻しほろり明るし卒寿の母は

愛媛の松山の子規記念博物館へ発つ。南方戦線から復員した父は、愛媛の新居浜で新婚時代を過ごした。ぼろ自転車の後ろに母を乗せてよく町を走ったらしい。

ハロウィンの仮装の魔女の児が駆ける元より仮面のおとなの前を

想い出はみんな五色の虹色。とんがり帽子、マントをつけた仮装姿の魔女の園児らが、町のどこかへ走っていった。

大病をしたとき還暦だった母は、その後三十年生きている。
大病をしていなくても、人間って心身をどこか傷めながら
生きている。

足を傷めコンフォートシューズ履いてみるミッキーマウスの靴のようだね

国立市の晩秋の桜並木を歩いていると、ふいに樹木希林の
声が聞こえた気がする。

青空へほの黒き枝のばしたる桜に「サヨナラ、地球さん。」の声

「未来」八〇〇号記念特集号では、岡井隆さんからｆａｘ
にて原稿が届いた。

ファックスにて届く原稿は宝物一枚ずつを手に受けにけり

コンビニって、無機的なのかどうかしら。普通って何かしら。村田沙耶香著『コンビニ人間』が面白い。

秋の日に『コンビニ人間』読みおわり「コンビニ人間」われに目覚める

娘が私の携帯電話にツイッターのアプリを入れてくれた。乾草原にすむガゼルは角も脚も首も細く、よく走り、跳躍もする。

ツイッターに入れんとすれば首細きガゼルの速さに画面過ぎゆく

古書店にて買った本を折々取り出す。母国語である日本語の大切さ。緑色の山手線を乗り継ぎ、未来作品批評会へ。「唐棣色の」は枕詞。

唐棣色《はねずいろ》のうつろい易き言の葉を大切にわれら持ち寄りており

横須賀市民短歌大会へ。

横須賀に行きて尽きない思いのまま〈みこしパレード〉の歌を愉しむ

足を出すときは前へ。また朝が来るって。

神来月《かみきげつ》の雨のあがれば明け方の光は町の家並《やなみ》を浮遊す

米国をめざす中米の移民の現実はすさまじい。

人間が人間に見せる究極の選択として移民キャラバン

仲間らに時を飛び越え会いており冬ごもりせる草も木もあるに

比叡山には紀貫之の墓所がある。「雪ふれば冬ごもりせる草も木も春に知られぬ花ぞ咲きける　紀貫之」。早稲田テニスクラブのかつての仲間が集う。

積み上げた本より本を取り出《い》だしあなたと過ぎた刻《とき》を歩みぬ

小説や歌集や詩集、本の中には過ぎた時間が詰まっている。

こののちも千年続けと階《かい》のぼり発行所の扉《と》を小《ち》さくノックす

伝統詩型の短歌。東中野のビル三階の「未来」発行所へ。

福岡にてシンポジウムを終えた。西日本鉄道の混み合う太宰府駅。太宰府天満宮の参道で伝統工芸品「木うそ」を求め、それから観世音寺へむかう。

しらぬいの筑紫の昼の日は射せり紅葉をせるメタセコイアへ

椋鳥たちもがんばっている。

夕暮れに椋鳥たちが騒ぐとき覆すごと空を揺らせり

さあ、家に帰ろう。うれしいことにも終止符を打って。

駅前の自転車置き場虚《きょ》の影を落とす一台夕べ引きだす

息子はなんと父になった。仮想の世界の気がしてならない。

父親となりたる息子が覗き込む生まれたばかりの目と口と鼻

夕方から会議があった。

これからのためにどうする真っ白な無口な紙にメモを記せり

くっきりと思い出すシーンがある。

鮮やかな記憶の中に佇《た》つひとはこの海棠の花のようだった

福らしきもの

人間を騙さんとする店舗用ディスプレイ並ぶ銀座の夕べ

純銀のスプーンに言の葉揃うごと話をするひと卓の向こうに

九十の歳の差だって　みどりごのほおをつんつん母は確かむ

地面より足の離れずと言う母は如意棒の杖に鋪道をゆけり

藍鼠《あいねず》の空の明けゆくまで町のどの屋根もみな黒を帯びたり

正月を迎える九人集まるにアメーバのごとし人間のこころ

なんとまあ九十一の母まじえ亥年の元旦めぐりてきたる

京人参、海老の赤美《は》しく生きていてよかったあと母は言うなり

逸《はや》りつつ点るごとくに梅ひらき媚茶《こびちゃ》色なる枝を隠せり

わが家より次のちいさな核家族うまれて家族の核の儚さ

きっと家の何処かに生えているだろう目には見えざる紅天狗茸《べにてんぐたけ》

デパートのうっすら寒き台の上《え》に袋詰めなる福らしきもの
福袋の口の隙よりのぞきこみやめる人おり福を捨てたか

逆光のなかに

霙降り片寄せられたる落葉にも新たな色がうまれてゆけり

駅までの道といえども大雪となりゆく気配の濃さに包まる

娘よりＭＲＩの検査日の知らせが届く如月の昼

激痛のおさまりたるに左手をいためたままの神戸の娘

一本でも早く乗るべく荷をさげて新幹線へコンコース走る

みどりごと左手うごかぬ娘《こ》のためにスープを作る食事はいのち

剝く、ちぎる、切るも難しく人間の諸手《もろて》の偉大さわれは知りたり

出張の長きより戻るひとに娘《こ》を託してわれは家を去りたり

逆光のなかに広がる須磨の海療養をせし子規を思えり

跡もなき須磨保養院されどこの子規の句碑のこる公園のなか

治るという言葉が心地よく響き須磨浦公園みどりの塔に

駅にある木製の長い椅子に座し上り電車の各停を待つ

七曜過ごせり

出雲なる十六島海苔《うっぷるいのり》を聞かんとしテラスの椅子をわれら寄せあう

鳥取の花御所柿《はなごしょがき》の甘さなど話しながらに木を思いたり

怖がりの娘が手術となりたれば眠りの浅き七曜過ごせり

通う距離にあらざる神戸へまたゆけりギプスの娘とその子が待てば

いち早く花を観たるをこの春のよろこびとして玉縄桜

散る気配なくて散りゆく桜ばな近づきたれば刃をもつごとし

九重桜

逆光のなかにたちたる山桜はなびらの色をひかりは奪う

午後の日にあたりながらに鹿たちは花びらを食むところどころに

ディアラインなんてどこでもあることの可笑しく林、心のなかも

かくて奈良九重桜のはなびらの小さきを見る近寄りながら

赤を帯びる葉をそよがせてくったくのあらざる奈良の九重桜

長崎港

五島へ行く船の鳴らせる「太笛《ふとぶえ》」を令和となりたる五月に聞けり

長崎の午《ひる》ともなれば大正の頃の「大砲」の音を聞きたし

茂吉見し長崎の街を思いたりひたひた迫る山の緑に

中町の天主堂までわれら来てステンドグラスの世界に見入る

斜め降りの雨のあがれば長崎港錆色をせる景となりたり

稲佐山の底力として暮るるまでふたつの虹がかかりていたり

夜《よ》の街の光と溶け込みよろこびを分かち合いたり稲佐山にて

浦上の天主堂まで坂道をのぼりてたたずむ拷問石に

「長崎の鐘」を唄ってくれしひと、路面電車にともどもゆれる

日本に原爆投下中心地ふたつが昭和の歴史にありて

アネハヅル

ヒマラヤの山脈越えて飛びてゆくアネハヅル思う電車待つ間に

動脈を持つごとき雨に歩みつつ少しの言葉と長靴と傘

大雨の後に茄子の葉ことごとく食べしは虫か、育ってゆけよ

薔薇の枝剪るときにわく思いなどひとには告げず曇天の下

目も指も携帯電話にとらわれの人ら混み合う朝の電車に

青電車長く乗るとき無気力が音に合わせて襲ってきたり

ダンゴムシの唄をうたって育ちゆくこの子一歳どこまでも夏

機関車のトーマスと共に起きだしてこの子に夏の過ぎゆかんとす

よくなりてゆくを伝える娘《こ》の声のリズムに耳を傾けている

雑草の緑からみどりへ飛ぶバッタほどの力を夜に欲せり

Ⅲ

円錐の花序

ケータイの気象特別警報が混みあう車内の空気撃ち合う

一時間前にいた千葉駅冠水のニュースがわれのケータイに入る

いまだかつて城山ダムを知らざるに台風が来て放流となる

十月の薄桃色なる薔薇の葉の雫、雫へ近寄るわれは

円錐の花序といえども夕間暮れ姫昔蓬《ひめむかしよもぎ》野を圧倒す

蒔絵鏡

羽田から秋田に着くまで一時間白地に青の飛行機に乗る

空港バスをキャリーバッグと共に降《お》り上ばかりみてホテルに着けり

頬寒く雨降る千秋公園を傘持ちかえつつ巡りめぐって

黒光りの鎧と具足に代々の藩主居るごとし佐竹史料館

江戸時代の姫君たちの蒔絵鏡のぞき込むわれ令和と往き来す

久保田城御隅櫓《みすみやぐら》を上るとき「矢を射る座《くら》」におごそかになる

萬翠荘のステンドグラス

松山の洋館を観にゆかんとす洋館という気韻の響きに

帆船の帆をはる姿のはろばろと萬翠荘《ばんすいそう》のステンドグラス

階段の踊り場に立てば帆船のステンドグラスと子月《ねづき》の光

ガラス戸の世界を詠みし子規さんをステンドグラスに思いてわれは

半円の美しきアーチに迎えられ萬翠荘へ身体を移す

萬翠荘の広間を飾る風景画神奈川台場に見入りていたり

屏風折れの高石垣の松山の城に来たりぬスカーフまいて

咲くという大きな力　黄の色が喇叭水仙を浸《ひた》しはじむる

曇り日の城山公園の堀の鯉黒きもまだらも押し合うごとし

黒き鯉のその口開《あ》くをいまかいまか待ちつつ橋の上より覗く

平たくて横に広がる鯉の口ほのかに白く生きている白

それぞれが身の大きさに合う口を開けつつ寄りくる濠の鯉たち

三津浜の昔栄えし頃の道まっすぐ海へ　われらはむかう

如月の三津の渡しに乗りながらどこかに昔を探しておりぬ

子規堂の緋寒桜の咲くさまを見上げてああと大島史洋は
空港行バス停におれば愛松亭その跡みえて明治に戻る

黄の虹彩

冬の闇におおわれている観覧車デジタルクロックせりだすごとし

観覧車の腹のあたりに時を刻み息づいている〈みなとみらい〉は

過ぎ去ったわれらの時間に帆船が少し傾きながら沈まず

蜘蛛の巣がジューンベリーの枝先にかかるくらいの嫌な感じだ

新しい暗証番号にドアを開けかわりばえせぬフロアに入る

駅前の駐輪場の自転車の列を乱した隣に合わせる

離ればなれ如月の池に浮かびつつキンクロハジロは孤独にあらず

池の辺に会うものやさし嘴の青灰色《あおはいいろ》のキンクロハジロも

池に来るキンクロハジロの虹彩の黄色の見る景思い浮かべる

逆光のまぶしい池面に浮かびいる真鴨は舞台に並ぶがごとし

クラスター

黒ひげか黒マスクなのかわからざる男が駅の向こうから来る

マスク人が令和にあふれた不思議さを百年のちに思うのだろう

クラスター爆弾をかつて怖れしがクラスターなる発生怖る

キャンセルを繰り返しつつ三月の過ぎて朝《あした》の雨の冷たさ

ひとりずつ間をあけて座るのも社会的距離というのだそうだ

すかすかの昼の電車に距離をとりマスクのままの卯月の日差し

九十歳過ぎたる母は院内の感染おそれ外に待つなり

なんとまあ、言いつつ杖をつく母と歩めり薬と小銭をもちて

公園のちいさな世界の面白く三輪車にもあおり運転

連翹のしなやかなる黄によろこびを見出さんとす遠回りして

町のなかマスクつけずに走る人、マスクをつけて走る人くる

向うから来るひともまたに緊張の貌せり道にすれ違うとき

金の眼の猫に会いたし朽ちかけた木の柵いくらかあけておくゆえ

電柱のところどころにたつ道を黒い日傘の人は歩めり

天道虫

独り住まいの母の庭先どくだみがぎっしりと咲くあきらめるまで

「コンビニがあってよかった」九十を超えたる母の令和の暮らし

雨あがり車の窓にとまりたる天道虫は幸せを呼ぶか

ふたつ星てんとうむしの斑点の赤の美しつややかすぎて

咳をする男のひとを避けながら電車の席が埋まりてゆけり

吊革に触れたら地獄というようにこの若者は踏ん張って立つ

デパートの昇降ボタン押すときは肘使うべしと目の前の女《ひと》

お互いにマスクをしつつ距離を置き買い物をして人間がいない

極悪人隔てるようにレジの前透明シートが一枚垂れる

咲くまでのカンナの花は尖りつつとんがることを忘れたわれら

稲妻のジグザグ　　二〇二〇年七月十日

日本に豪雨が襲い雷《いかずち》の鳴ればよみがえる魂魄の歌

言の葉は天壌無窮「はなれゆく魂魄《こんぱく》のため」ささやく声す

亡くなりし近藤芳美の水無月を斯《か》く詠みたまい歳月を経ぬ

どこからか岡井隆に訪れし死にひしひしと虚しさが増す

稲妻のジグザグに白く走れるを茫然として見つめていたり

ニュースにはコロナウイルス感染者その数流れ世界の滅び

東中野、「未来」発行所

ディスタンスとりつつ座る文月の十二日の会議亡きのちのこと

マスクして顔半分を隠しつつ不意打ちの死のかなしみに沈む

横浜の大会の折り語りくれし永遠《とわ》の宝の「歌のつくり方」

水無月の二十一日、文月の十日を刻むこころのうちに

死は遠くまた死は近くにあるものを声よみがえる記憶のなかに

七月十二日「未来」発行所

発行所の階段のぼりて足重く死ということを押しやっている

〈3密〉を避けなければならない

ドアと窓あけたまま集いひしと身に虚しさ積もる発行所にて

現実のひとつひとつが迫りきて死はすみやかに希望をしめだす

水素バス

怖いもの多く二重のマスクして夕べ混み合う水素バスに乗る

公園の木の根元にてカエンタケ緋色を噴けり毒を持ちおれば

透きとおる青みずみずしく砂浜に長い触手のカツオノエボシ

海の辺に出没したるヒアリなり危険な外来生物として

ロータスの花

ときおりに蓮《はす》は葉裏を見せながら大きく動く風をたたきて

いちはやく風に動く葉　蓮の葉の犇《ひしめ》く中にひとつ目につく

池の辺のベンチに群れる鳩たちが絵画モデルのように動かず

蓮の葉の上を雨滴はころがるにどこかへ行ってしまおうと言う

遠き葉は大きく揺れて近き葉が順のあるごと小さく揺れる

蓮の花の白さまぶしく中空を明るくさせる束の間なれど

いのちなきひとをおもいて見るときの蓮《ロータス》の花、水の暗さよ

ロータスはハス、スイレンの英語名

風のなか深き白なる蓮の花ふっくらとして今日を生くべし

ギリシアの神話に出てくるロータスに生《な》りし果実がいまの世にあらば

賜りしこの筆書きの短冊にわっとひとつの思いの湧きぬ

くずれて咲く紅紫色《こうししょく》なる萩待つに日々の虚しさ行き場をなくす

オオカミウオ

午後の陽にイロハカエデは緑なる形のままに、さみしいなあって

一《いち》、二《にい》、三《ちゃん》、四《ちい》、六《ろく》、八《はち》と声聞こえどこかへ散歩す五と七の数

強靭な顎をくれたらかみ砕くモノ思いつつ十月はじめ

もし道で会わば愉快と思いつつオオカミウオのこの面構え

水槽にいっぱい入れたミズクラゲ食べて勝者かユウレイクラゲ

海豚よりアカシュモクザメに目がいって明日《あした》は明日どうでもいいか

ヨウジウオあわれと思わず目が合うにするする生きるものみな強し

魚《うお》たちも夜行性なれば月の夜のキンメモドキの一群れの黄金《こがね》色

秋の実り

秋の夜にわくわくとして噛むときのほのかな香りシャインマスカット
贅沢な時間を分かちほのぼのと赤きマスカット甲斐路というは

熟してゆくものは素敵な色見せて柿を好みし子規さんうかぶ

赤梨の長十郎をてのひらにのせてたのしむみのりの重さ

青梨の二十世紀はうるわしき婦人のごとし卓上に置けば

しいたけは小さな傘をひらきつつここにおいでよ、いいんだよって

青灰色の空

ブランコが青灰色《あおはいいろ》の空へ揺れ時計の針がもどりはじめる

〈舟遊びをする人々の昼食〉のほどではなくて品川のカフェ

セザンヌの妻の深めにかぶりたる緑の帽子は人を寄せつけず

テーブルのうえの洋梨影の濃くひとつひとつが空間をうむ

セザンヌが静物として頭蓋骨描きしことの大いなる虚無

Ⅳ

うしどしのうた

うばたまのやみといえども咲く梅はほろびの前に儘《まま》よとあそべ

しょうがつの映像にして川わたる百万頭のヌーを見るなり

どうしても拡がっていくウイルスにぶちのめされてあらたまのとし

しらぬまにおさなごは身体ふるわせる「パプリカ」の曲流れてくれば

のどかなる朝《あした》の海が見ゆる日よ車中のわずかな放楽として

憂《う》きことと感染者数聞きながら令和のとしは悲喜の悲多し

ただひとつ庭に生りたる蜜柑の実熟する気配あらざるもよし

色鉛筆画

ゆるゆると牛のごとくに歩めよと黄昏が来るわれの母にも

地の上に王者のごとき黄《き》を重ね公孫樹の葉っぱ風にしたがう

人間の執着の美《は》しきかたちなる色鉛筆画「百花繚乱」

鉛筆画「藤」の空白むきあえば茫々と生、茫々と虚ろ

複雑な事情と電車の遅延する訳を告げたりＪＲの電車

自転車に乗りたる牛が夢のなか自在に漕ぎゆく海岸沿いを

冬の陽といえど海面《うなも》の反照をすればカモメは光の番人

こんなところに来てしまったと言う顔を海辺の猫にみておりわれは

海にかつて射しし光の記憶などたどりつつ飛ぶ冬のかもめら

母のキッチン

朝早く母に頼まれ好みたる米届ければよろこびにけり

死ののちに米のこされて食むことのあらざる母よ九十三歳

母の死をうけとめられぬままに来て訣れを告げる棺のまえに

メラノーマかかりて三十三年過ぎ母よ母よとわれは思うに

手術にて骨見えるまで削りとられ三十三年生き永らえぬ

かあさんの我慢つよさを言いながら近づいてゆくいのちなきははへ

病む母の摘出のまなこ詠みたればははをざわざわかなしませけり

ディスタンスとるほかなくて姉とわれ早緑月に母の通夜終える

小柄なる母のキッチンの動線を思いていたり亡きのち訪いて

手の届くところに食材置きながら暮らしし母か不揃いの鍋

白昼にはらんはらんと紅梅は土へこぼれて母おらぬ家

梅の実を娘ととりし母のあの刻がふつふつよみがえりくる

捨てるには気力がいるということか缶、瓶、箱を捨てざりし母

パーカーの万年筆

新聞紙に後生大事にくるまれて祖母の葡萄柄硝子のコップ

母がわれにのこししもののさみしさよ硝子コップの二藍の色

パーカーの万年筆を母持ちていしとは知らずわれの知らぬはは

パーカーの万年筆を新しきインクにかえれど母にいのちなし

父好みしハクキンカイロ手にとれば思わず父よと声に出したり

前後にも距離をとりつつ一列に霊園事務所の受付待ちて

かき消えてしまったことを口にせず納骨をせり弥生の晴れに

仕舞い込むばかりに過ぎし母なれば青貝塗りの漆器の文箱

鮑貝、夜光貝、蝶貝、孔雀貝、螺鈿の美《は》しきを母はのこしぬ

南方戦線の父

わたくしのかつての部屋に積まれたる段ボールのひとつ「兵隊捨テルナ」

「履歴書」はいかなるものか第二軍補給隊長の「證明ス」の印

陸軍の入営昭和十六年二月に発てり七尾港より

羅津港《らじんこう》上陸せし父、それからは牡丹江省樺林を巡りき

釜山港出てより二十日ようやくにニューブリテン島ラバウル上陸

上陸をせしパラオ港マニラ港そしてセレベスメナド港にも
マラリヤにかかりて陸軍病院の記述のすぐあと「現地復帰下令」
セレベスのメナド港にて上陸と記されし昭和十九年七月

パレパレ港出てより日本の田辺港昭和二十一年六月着きき

戦争が父のいのちにきざまれて「復員完結」、日本ってなんだ

東京ステーションホテル

しのぶ会　二〇二一年六月五日

美《は》しき青のはなの重さを知る日など来ると思わず献花するとき

ひんやりと手にのこれるはなんのかげ　声が聞こえてくる気配せり

恵里子さんが撮りし写真の並びいる廊下を歩むなんとかなしい

祭壇をみつめてつぶやき来しことをおもうのだろう水無月のたび

水無月に黒づくめなる装いに東京駅のコンコースをゆく

帽子の園

巡りゆく季にしたがいて文月《ふみづき》に木の色のまま八重紅枝垂れ

クロッシェは釣鐘型にていくらかは深めにかぶり世を忘れんか

キャペリンハット惹かれながらに目の前の帽子の園をながめていたり

瑠璃色の鍔広の帽子レトロなる形を愛でつつわたしに載せる

シンガーミシン

ぎっしりと木箱に母の詰め込みし日記がわれをうちのめしたり

自転車でころんだ、電話がきたなどと母の日記にわたしが生きてる

「朝起きても手術の前のからだには戻ってなかった」母の字かなし

大病をせし母の日記　娘っていいもんだなんて或るとき記せり

貧相なレストランなど評されし母の日記の老舗のホテル

さみしさは高砂百合の咲くところ白くぽっかり母をなくして

然《しか》れども長年替えずに古びたる箪笥、鏡台、シンガーミシン

実印をシンガーミシンの抽斗に隠しし母に胸を突かれる

摘出の母の目詠みしをかなしむに歌集を宝のごとく仕舞いき

病院の治療のあまたなるメモに母のおそれをあらためて知りぬ

新盆の明け方だった

目の傷のなく腹《ふく》よかなわが母に話しかければ夢よりさめる

ぼろぼろの型紙、端切れ、古着など母は残せり柳行李に

母と共に生きてきたりし古ダンス家具も家族のごと思いしか

ここのそじあまりさんなるわが母は装身具つけずひと生《よ》終えたり

くるくると巻きつきながらのぼりたる緑のゴーヤは歳月持たず

オフィーリアも母にも同じく仰向けに死というものが訪れにけり

なきひとはいつまでもなきひと、咲き終えた百日紅《ひゃくじつこう》の枝の切られて

ざくろの切り口

頑張れをオンブバッタにいってみて心のなかが平《たい》らにむかう

豪勢な花は目障り咲きだした女郎花が言う雨のあがりて

混みあえる電車の隣なる佳人《ひと》はスマホのゲームす銃撃戦を

鈴虫と閻魔蟋蟀《えんまこおろぎ》、言の葉の持つ迫力の差を思いたり

言の葉が脳《なずき》についにあふれゆき閻魔蟋蟀の閻魔とはなにか

〈ざくろのある静物〉の絵の数箇所の黒といえども一様でなく

アンリ・マティス描《か》きしざくろの切り口の朱色がひと日心を占める

歌のなかわが亡き母を呼び出すに菊月《きくづき》の風がやけにかなしい

ブレイクスルー感染

明け方の街より音があがりきて自転車一台また通り過ぐ

潰れそうな自転車屋の人うす暗き奥から出てきてぬっと笑えり

口中にひろがる品のよき甘さ信濃上田の「みすゞ」ひとつぶ

にぎやかな声の一室に身を置けばブレイクスルー感染おそる

おしころし咳するひとに集まれる視線はかくて容赦のあらず

顎マスク、鼻マスクなど無粋なる言葉の消えず令和の初秋

カラフルな野菜たち

紅《べに》くるり大根、そして、ものすけ路上の店にくれないを競う

へいぼんになってみろなど青首は赤大根の隣にならぶ

ずんぐりとせる紅《べに》くるり大根は中もあざやかなくれないの色

するすると赤皮を剝きもものすけ卓上におけば蕪と思えず

放射状の切り込みをした赤蕪のもものすけもまたふくみ笑いす

やさいにも意志あるごとき表情のうまるる赤と白と紫

紫のミラノ大根刃を入れればあっとおどろく白があらわる

蝶ネクタイの猫

エアデールテリアと道にすれ違い飼っていた感覚よみがえり来る

行き詰まるときのあかつき空想すグラン・カナリア島の洞窟

なにもかも押し寄せてくるその中にジューンベリーの紅葉はじまる

感情が少し目減りする心地して正しい電波時計をはずす

国立《くにたち》の大通りゆけば黄葉は猫の舌より柔らかに見える

黄葉をせざれば公孫樹に気づかずにこの大通り歩いただろう

マスクせず朝の電車に座りいる青年の眉《まよ》の冬のうつくしさ

蝶ネクタイつけた三毛猫やって来て庭に寝そべる寅年元旦

地を這える小さなみどりの波久倍良《はくべら》の花を待つべしこころ移さず

母のいない正月がきたぼんやりとするに曙光が何かを照らす

雪道をカカッカカッと通りゆく車の音が不安を引き出す

印刷は明日にしようあざやかなマジェンタ色が切れてしまって

ふらここは舟

ちちははの家は更地になりたれば在りし梅の木虚空をさまよう

梅の実はされど虚空にひそひそと実るのだろうまなこつむれば

奈良の鹿と遊びし母のうつしえに幸せだったかのぞきこみたり

この鹿と遊びたくなる娘の子あぶないあぶない引き込まれそう

曇り空なれど〈いろ、いろ、なにいろ〉に手を振り回しおさなが走る

あの木まで走ってもどりまたはしりなんでもいいからまっすぐはしれ
ふらここは舟だね空のにびいろに頭のさきっぽ染まるまで漕ぐ

弥生のカヌー

豊かさはこういうものか「チア・アップ！」のダイアン・キートンつくづくとみる

「ゴッド・ファーザー」「アニー・ホール」を経てぐんと人間の魅力増してゆきたり

川上へぐいぐいすすむさんがつのカヌーに出合いほのぼのとなる

これだけは遂げたいことがあるのかと問わるるごとし弥生のカヌー

ゆりかもめ河口の橋に八羽ほど並びてとまる　よきことあれよ

遅れつつ歩けば夫は駆け戻りからだに力入れてるかときく

人道回廊

まやかしの言葉のようにひんやりと〈人道回廊〉ニュースに流る

人道っていったいなんだと思いつつ人間の死は数にはあらず

避難せる地下鉄駅にウクライナの絵を描くおさな一瞬映る

底ごもるサイレン続く首都キーウ侵攻前にはいのちありしを

空っぽの１０９台のベビーカー亡骸とおもえば凝視しがたし

この日本だって

マリウポリ・ハリキウ・ヘルソン・オデーサを地図に見るだけ島国日本

空っぽのベビーカー並ぶ映像に凜然とする、この日本だって

「釜」とよぶ包囲網もまた人間の死に繋がればただいきどおる

「ウクライナの地はウクライナのもの」なんだ、無力であれど思いは尽きず

シェルターにて子を生むことの選択をしなければ死が降るのであろう

人間は消耗品であらざればわらう、かなしむ、たべる、ねる、生きる

せんりょうをされたる地にて住民は協力か死か　世界滅びん

投降をせし兵士らのその後《のち》をおそろしすぎて想像できず

榴弾砲、対艦ミサイル、装甲車、地球のうえの現実として
言葉にて美化してならず最前線《フロントライン》、平和の祈り、祖国というも
かつての父の南方戦線思い出しZの印の戦車が怖し

写真の中へ

何の鍵かわからぬままにざらざらと残しし母よ一生もまた

ながくながく持ちいし父母の家の鍵小さき缶のなかに閉ざせり

昭和二年生まれしばかりのわが母の写真を眺む謎覗くごと

抽斗にしまいこみたるもろもろはわれの知りいし母にはあらず

更地となり記憶にとどまる父母《ちちはは》を古き写真に見出さんとす

懐かしさはときに残酷うつしえの古きそのなかわれも入《い》りゆく

三年《みとせ》経て神奈川にまた転勤の娘たちとの時間はじまる

はねながら改札口を通る子が娘の子なりスピッツのようだ

あけがたの梅のはなびらさらさらと憂いなきごと枝を離るる

ささやかな緑の翡翠の指輪にて気力華やぐ母と思いき

枝と枝からまりあいていずこより日の射す方がわからず杜は

葉のなき木、みどり重たき木のまじり硝子の向こう杜には遠し

あとがき

この歌集『夏の天球儀』は、二〇一六年冬から二二年の初夏まで五年半ほどの四百五十二首をほぼ編年体で纏めました。前歌集『花桃の木だから』につづく第七歌集です。この歌集後半では、新型コロナウイルスの感染拡大となり、日常生活が余儀なく変化してきました。そして、いま世界の情勢もかわりつつあります。

この歌集の時期は、新しい命と死ということに向き合った濃い時間を過ごしました。娘と息子のそれぞれの家庭に一人ずつ子が生まれて家族が増えました。その一方、岡井隆さんが二〇二〇年七月に、そしてその翌年一月に母が世を去って、ただ茫然としていたつらい日々が過ぎていきました。岡井隆さんに多くを学ばせていただき、本当に深く感謝しています。母は大病をしましたが、九十三歳まで真摯に生きて、世を去りました。

実家には、父が「兵隊時代」と呼んでいたときの「履歴書」と記された、従軍の詳しい証明書が大切にのこされていました。南方の戦線からようやく生還した父と、大病をした母が、私の歌の原点と言ってもよく、この時代の今を生きているとは何かという問いかけを、歌をはじめたときからずっと持っています。

歌集題については、次の歌からです。

天球儀ながめておれば人間を小さく感ず夏の光に

情報化の進展で、さまざまな情報があふれんばかりに押し寄せてきます。それで、逆に情報に振り回されて人間の存在感が薄れてきています。先行きの見えないそういう現代で、人間を広く深く考えていきたいと願っています。

歌集の出版に際して、歌の先輩や仲間たちを本当に有難く思っています。そして、角川「短歌」編集長矢野敦志様、そして打田翼様に大変お世話になり、深く御礼申し上げます。「セレクション歌人」の歌集、第五歌集に続いて、この歌集の装幀をお引き受けくださいました間村俊一様、ありがとうございました。どのような装幀になるのか、楽しみにしております。

二〇二一年五月

中川佐和子

著者略歴

中川　佐和子（なかがわ・さわこ）

1954年兵庫県生まれ。「未来」編集委員・選者。早稲田大学文学部卒。歌集に『海に向く椅子』（角川短歌賞受賞作を収録）『卓上の時間』『朱砂色の歳月』『霧笛橋』『春の野に鏡を置けば』（ながらみ書房出版賞）『花桃の木だから』。評論集『河野愛子論』（河野愛子賞）。入門書『初心者にやさしい　短歌の練習帳』。セレクション歌人『中川佐和子集』、現代短歌文庫『中川佐和子歌集』、現代短歌文庫『続・中川佐和子歌集』など。

歌集　夏の天球儀《なつのてんきゅうぎ》

初版発行　2022年10月20日

著　者　中川佐和子
発行者　石川一郎
発　行　公益財団法人　角川文化振興財団
〒359-0023　埼玉県所沢市東所沢和田3-31-3
ところざわサクラタウン 角川武蔵野ミュージアム
電話 050-1742-0634
https://www.kadokawa-zaidan.or.jp/
発　売　株式会社　KADOKAWA
〒102-8177　東京都千代田区富士見2-13-3
電話 0570-002-301（ナビダイヤル）
https://www.kadokawa.co.jp/
印刷製本　中央精版印刷株式会社

落丁・乱丁本はご面倒でも下記KADOKAWA購入窓口にご連絡下さい。
送料は小社負担でお取り替えいたします。古書店で購入したものについては、お取り替えできません。
電話 0570-002-008（土日祝日を除く10時〜13時 / 14時〜17時）
 ISBN978-4-04-884494-9 C0092